LE DUC

De La Rochefoucauld-Liancourt.

SA VIE ET SA STATUE.

ODE ET NOTICE

PAR

HENRI DOTTIN.

Il faut aider tout ce qui est utile ;
Il faut attacher son nom à tout ce qui est bon.

Le Duc de La ROCHEFOUCAULD-LIANCOURT.

1861.

LE DUC

DE LA ROCHEFOUCAULD-LIANCOURT.

-｜OO｜-

SA VIE ET SA STATUE.

-｜OO｜-

DU MÊME AUTEUR :

Cent et une épigrammes de Martial, traduites en vers français, avec le texte en regard et des notes, 1838.

Les noces de Thétis et de Pelée, poëme de Catulle, traduit en vers français, suivi de *Poésies diverses,* et précédé d'une *Notice sur Catulle,* de M. de Pongerville, de l'Académie française, 1839.

Fables en quatrains, 1840.

Les Cendres d'un Empereur, poëme en trois époques, 1840.

Verselets, 1841.

La Femme de l'Ouvrier, roman en vers, 1843.

Etude littéraire sur Amédée du Leyris, membre du Caveau, etc., 1844.

Etude littéraire sur C. L. Mollevaut, de l'Institut, etc., 1845.

Chants du Pays, poésies, 1845.

Economistes et Industriels, ou résumé de la question du Libre échange, 1847.

Des OEuvres dramatiques de M. Charles Rey, étude littéraire, 1848.

Jeanne Hachette, chanson patriotique composée par Mlle Françoise Sauret, marchande de poisson de mer à Beauvais, 1851.

La Statue de Jeanne Hachette, poésie, 1851.

Notice sur Préville, 1852.

Napoléonniennes, poésies, 1852.

Napoléon III en Italie, cinq chants de guerre, 1859.

LE DUC

De La Rochefoucauld-Liancourt.

SA VIE ET SA STATUE.

ODE ET NOTICE

PAR

HENRI DOTTIN.

Il faut aider tout ce qui est utile ;
Il faut attacher son nom à tout ce qui est bon.
Le Duc de La ROCHEFOUCAULD-LIANCOURT.

1861.

LA STATUE

DU DUC

DE LA ROCHEFOUCAULD-LIANCOURT.

C'est l'amour de la renommée
Qui fait le grand homme ici-bas ;
Mais sa gloire n'est proclamée
Souvent qu'après de longs combats.
Pour lui, qu'importe la souffrance !
Sous l'égide de l'espérance
Son cœur fort grandit abrité.
Il lutte, il lutte avec courage,
Tant qu'il voit briller dans l'orage
L'éclair de l'immortalité.

Tantôt, l'un faisant de l'épée
Un niveau civilisateur,
Sur chaque nation sapée
Roule son char triomphateur.
Devant lui croulent les murailles ;
Que de sang ! que de funérailles
Attestent l'éclat de son nom !
Est-il un peuple qui se vante
De ne point frémir d'épouvante
Au bruit lointain de son canon ?

Puis un autre de la science
Interroge la profondeur.
Son génie est la patience :
Point d'entraves à son ardeur
Dans les entrailles de la terre
Il va fouillant chaque mystère,
Et son regard audacieux,
De la nuit écartant les voiles,
Pour nombrer toutes les étoiles,
Abaisse la hauteur des cieux.

D'autres aussi dont les pensées
De leur front courbent la pâleur,
Ont dans des strophes cadencées
Jeté leur joie ou leur douleur.
Leur âme est un écho sonore :

Tout ce que le pays honore
Sur leur luth sublime est chanté.
D'autres enfin par la peinture
Veulent ravir à la nature
Sa resplendissante beauté.

Artiste, savant, capitaine,
Poète, votre rôle est beau !
Goûtez l'espérance incertaine
D'un nom au-delà du tombeau.
Mais, quand nous voyons sur la terre
Des maux s'entr'ouvrir le cratère
Où s'engloutit l'humanité,
Laissez notre reconnaissance
Admirer la divine essence
Des héros de la charité.

Ce n'est point, ce n'est point la gloire
Que convoite la vanité
De ces héros qui dans l'histoire
Souvent n'ont pas un nom cité.
Ah ! quand ils plongent dans le gouffre
Pour y chercher tout ce qui souffre
Et l'entourer de leurs bienfaits,
Le cœur plein de sollicitude,
Même devant l'ingratitude,
Ces grands hommes sont satisfaits !

Tel fut, duc, tel fut votre rôle
Dans ce monde où votre vertu,
Par des actes, par la parole,
Contre nos maux a combattu.
Votre cœur a pris la défense
De l'homme souffrant dès l'enfance,
Et, jusqu'à son déclin toujours,
Du sort maîtrisant la colère,
Sous votre bonté tutélaire,
Vous avez abrité ses jours.

Vous aviez de votre noblesse
Le droit de vous enorgueillir ;
Des cours adorant la mollesse,
Votre âme aurait pu défaillir.
Non! loin de tout plaisir futile,
Cherchant le bon, créant l'utile
Par un mouvement généreux,
Vous avez rempli votre tâche,
Sans regrets, sans peur, sans relâche,
Pour ne faire que des heureux.

Aussi, devant la noble image,
Où, sous le ciseau du sculpteur,
Le bronze offre à nos yeux l'hommage
Qu'on devait au grand bienfaiteur,
De siècle en siècle, chaque race,

Sur ses bras conservant la trace
Du plus beau de vos dons, viendra
Vous dire encor, l'âme ravie :
« C'est à vous que je dois la vie ! »
Et chaque front s'inclinera.

Liancourt, septembre 1861.

LE DUC

DE LA ROCHEFOUCAULD-LIANCOURT.

SA VIE ET SA STATUE.

Depuis plusieurs années, un noble élan porte la plupart des villes de France à honorer par des monuments la mémoire des personnages illustres auxquels elles ont donné le jour. Les sciences, les lettres, les arts se trouvent représentés dans ce Panthéon de bronze et de marbre.

La statue des hommes dont la gloire a consacré le souvenir, érigée ainsi sur nos places publiques, doit être considérée non-seulement au point de vue de l'art, mais aussi sous son côté moral. Ces glorifications sont d'un bon exemple pour le peuple et servent au développement de son intelligence et à l'élévation de ses sentiments. Elles réveillent l'enthousiasme et font battre au cœur de généreuses pensées. Parmi les illustrations d'un pays, il en est qui, pour avoir brillé d'un moindre éclat dans une sphère plus humble et souvent plus utile, et n'avoir point frappé autant notre imagination, n'en sont pas moins dignes de notre reconnaissance et de notre respect. Nous voulons parler de ces hommes pour qui la bienfaisance a été un besoin, dont tous les instants ont été consacrés au bien-être de leurs semblables, dont toutes les pensées n'ont eu qu'un seul but, le bonheur de l'humanité : perpétuer leur souvenir, en leur élevant des statues, nous paraît être d'une haute moralité. C'est donc avec un grand intérêt qu'on apprendra qu'un monument vient d'être érigé sur la place de Liancourt, à la mémoire du vénérable duc de La Rochefoucauld qui peut être, à juste titre, compté parmi les hommes dont chaque pas dans la vie marqua un bienfait pour leur pays. Nous allons, en quelques lignes, esquisser les phases principales de cette existence si bien remplie de bonnes actions et de sentiments humanitaires.

François-Alexandre-Frédéric, d'abord duc de Liancourt, ensuite duc de La Rochefoucauld, naquit le 11 janvier 1747.

L'illustration de sa famille et la position élevée de son père, l'appelaient à briller à la cour de Louis XV ; mais le besoin de s'instruire et l'application de son intelligence aux choses sérieuses, ne tardèrent pas à l'en éloigner. A l'âge de 21 ans, il se rendit en Angleterre, où il voulut tout voir, tout étudier. De retour en France, il s'attacha à sa terre de Liancourt, et y établit une ferme-modèle. Là il fit l'application des bonnes méthodes qu'il avait observées dans ses voyages ; il propagea la culture des prairies artificielles et celle des turneps pour la nourriture des bestiaux pendant l'hiver. Il fonda en outre, dès 1780, un établissement dont l'idée heureuse fut plus tard adoptée par le gouvernement : nous voulons dire *l'Ecole des Arts-et-Métiers.*

Rappelé à la cour par sa conformité de vœux et de principes avec ceux de Louis XVI, le duc fut élu député de la noblesse par le bailliage de Clermont en Beauvaisis. Le 18 juillet 1789, nommé président de l'Assemblée nationale, il se montra dévoué à ses devoirs et ferme dans ses opinions. Ses travaux à l'Assemblée constituante furent toujours empreints de ce cachet de l'amour du bien que portent toutes les actions de sa vie. Il s'attacha à détruire le fléau de la mendicité, à organiser les hôpitaux et les établissements de bienfaisance. Le commerce, l'agriculture et l'industrie furent les objets constants de sa sollicitude. En 1790, il établit à Liancourt une fabrique de cardes et une filature de coton où les machines les plus perfectionnées furent introduites.

Au milieu des secousses que la révolution impri-
mait à l'organisation sociale, fidèle au roi et à ses
principes de sage liberté, M. de Liancourt prit toujours la défense de ce monarque dont il avait pu,
dans l'intimité, apprécier la droiture et la générosité
de cœur. Après la séparation de l'Assemblée constituante, il fut appelé au commandement de la Nor-
mandie et de la Picardie. Là, son esprit conciliant, la
sagesse de ses idées et l'intérêt de sa conversation
pleine d'enseignements utiles, lui valurent l'estime et
l'amitié de tous. Après la journée du 10 août, sous le
coup d'un mandat d'arrêt, il quitta la France et se
rendit en Angleterre. L'étude des améliorations agri-
coles y remplit tous les instants de sa vie simple et
modeste. Les intérêts de la France néanmoins occu-
paient encore son esprit. A l'époque de la mise en
jugement de Louis XVI, il voulut faire entendre sa
voix en faveur de l'infortuné monarque. Il écrivit, à
cet effet, à M. de Malesherbes, une lettre où il expo-
sait des moyens de défense basés sur les faits dont il
avait été témoin. Le besoin de distraction lui fit
bientôt entreprendre un voyage aux Etats-Unis, ce
qui fut pour lui l'occasion de nouvelles études sur
les rapports de la législation avec les mœurs, l'agriculture et l'industrie. De retour en France en 1799,
il publia le résultat de ses observations. Les améliorations qui furent successivement apportées dans le

régime de nos prisons, sont dues principalement aux réflexions qu'avait suggérées au duc l'examen du système pénitentiaire en Amérique. Tout cela n'était rien auprès du nouveau et immense bienfait dont le noble proscrit allait doter son pays. Nous voulons parler de *la vaccine* qu'il s'efforça, dès l'année 1800, de propager par tous les moyens en son pouvoir. On a calculé que deux millions d'hommes furent, par cette merveilleuse importation, sauvés d'une mort précoce. Aussi M. le baron Charles Dupin, dans le discours prononcé sur la tombe de M. le duc de La Rochefoucauld, a-t-il dit : « Chez un grand peuple de l'antiquité, celui qui sauvait la vie d'un individu, recevait la couronne civique, c'est-à-dire la plus estimée de toutes les couronnes que décernât la gratitude nationale. Le citoyen qui la portait avait une place d'honneur dans les jeux, dans les assemblées publiques et la mort seule pouvait le priver de ces récompenses qui font partie de la gloire d'un peuple civilisé. Quelles couronnes, quels honneurs inamovibles, innombrables, ce peuple n'aurait-il pas décernés au grand citoyen qui, dans le cours de sa carrière, aurait sauvé la vie à deux millions de Romains ? »

Rentré en possession de la terre de Liancourt, M. de La Rochefoucauld s'attacha de nouveau aux manufactures qu'il y avait rétablies. Il y apporta les perfectionnements que nécessitaient les progrès de l'industrie. L'Empereur Napoléon Ier lui donna la décoration de la Légion d'honneur.

Sous le règne de Louis XVIII, nous retrouvons M. de La Rochefoucauld, pair de France, inspecteur général de l'école des Arts-et-Métiers de Châlons, membre du conseil général des manufactures et du conseil d'agriculture, membre du conseil des prisons et du conseil général des hospices de Paris. Il suffisait à toutes ces fonctions, portait partout ses lumineuses investigations, et rédigeait les rapports et les comptes-rendus annuels.

En 1823, une complaisance ministérielle vint consommer le plus grand acte d'ingratitude envers M. le duc de La Rochefoucauld que l'indépendance de ses principes et la fermeté de son libéralisme mettaient souvent en opposition avec le pouvoir. Toutes les fonctions qu'il exerçait gratuitement, avec un si louable zèle pour le bien public, lui furent ôtées par ordonnance du roi, en date du 14 juillet. Nous ne pouvons résister au désir de citer la digne et fière réponse que le duc fit à la notification de cette ordonnance par le ministre de l'intérieur, Corbière :

« Monsieur le comte,

« J'ai reçu la lettre que vous m'avez fait l'honneur de
« m'écrire en date d'hier, m'annonçant que par une

« ordonnance du roi, dont l'ampliation n'est pas jointe
« à votre lettre, Sa Majesté m'a retiré les fonctions
« d'inspecteur général du Conservatoire des Arts-et-
« Métiers, de membre du conseil des prisons, du con-
« seil général des manufactures, du conseil d'agricul-
« ture, du conseil général des hospices de Paris et du
« conseil général du département de l'Oise. Je ne sais
« comment les fonctions de président du comité pour
« la propagation de la vaccine que j'ai introduite en
« 1800, ont pu échapper à Votre Excellence, à laquelle
« je me fais un devoir de les rappeler. »

On eut beau faire, on ne put empêcher M. de La
Rochefoucauld de remplir la mission philanthropique
qu'il s'était donnée ; on le rencontra encore partout
où il y avait du bien à faire, une amélioration à ap-
porter. Ses soins bienfaisants s'étendaient également à
Liancourt. Il y créa une école pour les enfants de ses
ateliers, d'après le système anglais de Lancaster,
connu sous la dénomination *d'enseignement mutuel.*
Il fut le premier qui pratiqua cette méthode et dont
les efforts tendirent à la répandre en France. C'est
aussi à Liancourt qu'eurent lieu les premiers essais de
l'utile institution qui depuis quelques années a pris
tant d'extension, *la Caisse d'épargne.*

M. de La Rochefoucauld ne fut point un de ces
philanthropes, comme il y en a tant, qui ouvrent
volontiers leur cœur aux généreuses pensées et fer-

ment constamment leur coffre-fort. La charité privée
fut un de ses plus doux délassements. Liancourt et
les communes environnantes participèrent à ses lar-
gesses. Aussi de quelle vénération sa mémoire n'y est-
elle pas encore entourée !

En 1827, revenu à Paris pour prendre part aux
travaux de la Chambre des Pairs, M. de la Rochefoucauld expira le 27 mars, à la suite d'une courte ma-
ladie. Il nous serait pénible de rappeler les désordres
sacrilèges qui souillèrent ses funérailles, où les an-
ciens élèves de l'école des Arts-et-Métiers tinrent à
honneur de porter sur leurs épaules le cercueil de
leur bienfaiteur. Disons plutôt que sa fin fut comme
sa vie digne et calme. Un tombeau très-simple, élevé
dans le parc du château de Liancourt, renferme les
restes de ce grand homme de bien.

C'était donc justice que de rendre hommage au
souvenir d'une si belle vie. Nous ne pouvons taire
que la statue du duc est due à la généreuse initiative
d'un vénérable habitant de Liancourt, qui a voulu
acquitter une dette de reconnaissance envers son
bienfaiteur. M. Louis Poilleux que M. de La Rochefoucauld avait associé à ses entreprises manufactu-
rières, a légué à l'hospice de Liancourt une somme
de 40,000 fr., à la condition d'élever un monument
digne de la mémoire de l'illustre philantrope. Ce
legs fait autant d'honneur au souvenir de celui

qui en est l'objet, qu'aux sentiments de celui qui l'a laissé.

A ce legs est venue se joindre une souscription ouverte à Liancourt. Elle a produit près de 5,000 fr. Tous, riches et pauvres ont voulu y concourir. Les élèves des écoles d'Arts-et-Métiers y ont contribué pour une large part. Cette somme a servi aux frais d'établissement du piédestal et d'une fontaine dont le bassin entoure le monument et lui donne un caractère d'utilité publique.

La statue du duc est en bronze; sa hauteur est de deux mètres 60 centimètres. C'est l'école des Arts-et-Métiers d'Angers qui a bien voulu se charger gratuitement de l'opération de la fonte. Quant au modèle, il sort des mains d'un artiste déjà éprouvé par de nombreux succès, M. Maindron. L'auteur de *Velleda, du groupe colossale d'Attila*, et de tant d'autres œuvres très-remarquables, ne pouvait rester au-dessous de sa réputation d'artiste aux conceptions larges et profondément senties. Le duc est représenté debout, revêtu du costume de pair de France. Sa main droite s'appuie sur une enclume, emblème du travail; sa main gauche, rapprochée du cœur, tient un rouleau de papiers où sont inscrits les titres de M. de La Rochefoucauld à la reconnaissance publique. Sous le rapport du sentiment, la conception de M. Maindron ne laisse donc rien à désirer : c'est

d'un côté l'industrie, l'agriculture , qui sont repré-
sentées ; de l'autre , ce grand amour de l'humanité
qui a présidé à tous les écrits, à toutes les actions
du duc.

Dans son ensemble la statue se présente bien : la
pose est simple et sans roideur. La figure, où l'artiste
a mis toute la ressemblance désirable, respire un air
de bonté qui attire. Le regard a de la profondeur,
tous les traits sont modelés avec vigueur. De face
et de profil cette statue est d'un bel aspect. Point
de lourdes masses, point de lignes heurtées. C'est,
en un mot, une œuvre qui fera grand honneur au
beau talent de M. Maindron et dont la ville de Liancourt aura le droit d'être fière.

———

NOTA. *Consulter* pour plus amples détails sur la vie
du duc, la *Notice biographique* publiée en 1827, par
M. le marquis de La Rochefoucauld-Liancourt, son fils, qui
s'est fait connaître dans le monde lettré par sa tragédie
d'*Agrippine*, représentée avec succès à l Odéon, et par un
certain nombre d'ouvrages de poésie, de littérature et de
morale.

Nous devons dire que nous avons puisé nos renseigne-
ments dans cette notice.

Voir aussi la brochure de M. Faugère, sous le titre
de : *La Vie et les bienfaits de La Rochefoucauld-Liancourt.* 1835.

———

Clermont. (Oise). — Imp. A. Daix.

Clermont (Oise),

IMP. A. DAIX.

Rue de Condé, 58.

www.ingramcontent.com/pod-product-compliance
Lightning Source LLC
Chambersburg PA
CBHW061741180626
46818CB00006B/2695